진주형평운동

실천시집선 306
진주형평운동

2023년 06월 30일 1판 1쇄 찍음
2023년 06월 30일 1판 1쇄 펴냄

지은이 박구경
펴낸이·편집장 윤한룡
디자인 윤려하
관리·영업 이소연
홍보 고 우

펴낸곳 (주)실천문학
등록 10-1221호(1995.10.26)
주소 남양주시 퇴계원읍 퇴계원로 52 405호
전화 02-322-2161~3
팩스 02-322-2166
홈페이지 www.silcheon.com

ISBN 978-89-392-3132-0 03810

진주형평운동

박구경

306

실천문학사

제1부 | 백정도 사람이다

제2부 | 형평의 아침

제3부 | 형평의 날들 속으로

제4부 | 진주, 진주 사람들

제1부

백정도 사람이다

칼의 길

백정의 길은
칼의 길이었지
도살은 백정들이 먹고사는 업이었지

양반들 길흉사에 쓸 육고기는
백정의 도법에서 생겨났지
백정의 기술에서 비롯되었지

소 한 마리를 눕혀놓고
108가지 맛을 오려내는
백정의 칼 기술은 붓끝에서 피는 문장 같았지

조선의 천운이 저물어가던 시기에
개화의 치맛자락이 짧아져 갈 즈음에
백정들의 코뚜레도 한결 느슨해져 가기는 했지

실속 없이 빈 곳간의 조선 양반질보다
소 돼지 짐승으로 취급을 받아 왔던

백정의 칼 위에도 빛이 들기 시작하였지

그러나 천금 만금을 쌓아 올린들
백정은 백정이므로
기와지붕 안에서는 지낼 수가 없었지

비단옷은 걸칠 수가 없었지
자식들의 까막눈도 깨우칠 수가 없었지
아직은 피 묻은 칼의 길이 남아 있었지

백정은 숫돌 위에 칼의 길을 내었지
양반의 목을 자를 그런 칼도 있었으나
짐승의 고깃점만을 꿰는 활인의 칼을 부렸지

백정도 사람이다

우리가 누구이더냐
우리는 어디에서 왔더냐
백정의 아들딸들아!

너희들 아비의 아비들은
말 타고 활을 쏘던
대지의 사냥꾼들이었더라

나라에 흉사가 들면
초야草野에 나가
짐승을 잡아 제물을 마련하고

나라에 전운이 감돌면
선봉에 나서서 적들의 목을 치고
승리의 함성을 전하였더라

우리들은 그렇게
양민을 뜻하는 백白자에

병정을 뜻하는 정丁자가 합쳐져 불려졌더라

하늘의 백성이자
땅 위의 인간이었던
사람의 후손들이었더라

왕가의 후손은 아니었어도
정승판서 가문으로 대물림해
축복받은 핏줄은 아니었어도

아, 우리는 그렇게
하늘의 아들이었고
대지의 딸들이었더라

땅에서 태어나고 자라온
애오라지 사람의 몸에서 흐르는
뜨거운 피와 마음을 지닌 영육이었더라

고조선의 초원을 내달리던
산과 들을 쩌렁쩌렁 호령하던
천손天孫의 핏줄과 기상이었더라

뉘라서 이를 부정할 수 있으리
뉘라서 우리를 괄시할 수 있으리
우리는 조선인의 뿌리였노라

노래와 춤으로 하늘을 경배하는
팔관회 대동 한마당에 늘어선
선랑 선비들의 마음인들 우리와 같았고

흥겨운 노래를 부르며
발해, 여진, 거란, 몽골, 만주 벌판을 달리던
하늘에서 부터 타고난 유목민이었더라

고조선의 대륙과 정신이 사라지고
천손의 맥이 끊어지고 갈라지고

더는 우리가 우리가 아닌 세월 속에서

하늘의 자손이었던
천민天民이 어느 사이 비천한 천민賤民이 되어
천대와 멸시의 나락으로 떨어지게 되었더라

그러나 우리는 일찍이
천손의 재주와 기능을 이어왔거늘
북방의 이민족이라 누가 낙인을 찍었는가

북방의 핏줄이 과연 무엇이라는 말인가
산과 들에 나가
활 쏘고 말 달려 사냥을 마치면

잡은 고기는 우리가 우리의 손으로
공평하게 나누며 살아온 풍습이
그게 우리에게 죄와 벌이 되었더라 말인가

우리는 우리끼리
모이고 어울려서 쉼 없이 살아 내려온
사람의 목숨이었을 뿐이었더라

백정은 그렇게
벗어젖힌 몸으로 한 손에는 전사의 칼을 쥐고 살아온
더운 숨결의 이름이었더라

백정의 노래

백정의 아들들아
백정의 아낙들과
백정의 딸들아 피붙이들아

고구려 무용총 수렵도를 본 적이 있느냐
신라 천마총 천마도를 본 적이 있느냐
그 벽에 새겨진 기상 앞에 서 본 적이 있느냐

고구려 무덤 속의 벽화가 이르듯이
남정네라면 당연히 말을 달리고 활을 쏘아
용맹함이 있어야 하지 않았겠느냐

사냥한 짐승을 나누고 먹이기 위해서는
도축은 당연한 생활이지 않았느냐
백정이란 대저 무엇이었더라는 말이냐

한 나라의 백성으로서
군역을 서고 전공을 세웠노라면

마땅히 그 공을 치하해야 하지 않았겠느냐

평상시라면 괭이와 호미를 들고
밭을 갈고 씨앗을 묻어
생업을 살펴야 할 백성이지 않았겠느냐

인간의 지위에 누가 왜 백정을 덮어씌웠느냐
백정의 자녀와 아낙들에게 대물림의 멸시를 가했느냐
누구를 위한 제도였기에 이리도 모질었느냐

너희의 조상들이 너희의 할애비들이
태어나기도 전에 짐승의 굴레를 덮어썼다면
그 누가 너희의 마음이 어떠할지 유념해 보았던가

왕후장상의 씨를 하늘에서 정해주었더라면
우리는 일찌감치 너희의 나라에
발을 들이지도 태어나지도 않았을 것이니라

무용총의 시절로
천마총의 당시로 돌아가기 위하여
우리는 일찌감치 떠났을 것이니라

우리의 먼 조상들이
그 땅에서 숨결을 이어 온
위대하고 자랑스러운 산야로 돌아갔을 것이니라

짐승을 잡으러 나갔다가 몸이 다쳐도
수수깡을 이빨에 사려 물고
틀어진 뼈와 상처를 싸매고 일어나

목표물을 향하여 화살을 날리고
목적지까지는 쉬지 않고 말을 달려
백정의 노래를 불렀을 것이니라

백정의 아들딸들아 백정의 식솔들아
무용총 벽화의 화살들을 기억해 보거라

천마총 안의 말발굽 소리를 들어 보아라

백정은 한 번도 짐승이 아니었더라
한 번도 짐승이 아니었더라
백정은 사람의 후예였더라

포정의 도道

같은 동양의 옛 역사에는
백정의 지혜 이야기도 있었더라
장자의 양생주 편에 그 사연이 있노라

"포정庖丁이 문혜군文惠君을 위해 소를 잡는데
신기에 가까운 솜씨와 묘기를 가진 그의 칼질 소리가
음률에 들어맞지 않는 것이 없고

동작은 은나라 탕왕 때의 무악인
상림의 춤과 같고
요임금 때의 무악인 경수의 합주와 같았더라."

문혜군이 이르기를,
-훌륭하구나. 사람의 기술이 어찌 여기에
이를 수 있단 말인가?

포정이 칼을 놓고 대답하기를,
-제가 좋아한 것은 도이니

재주보다 앞서는 것입니다.

포정이 고하기를,
-처음 소를 해체할 때는 보이는 게 모두 소이더니
3년의 시간이 흘러가니 소가 보이지 않았습니다.

저는 정신으로 소를 대하고
눈으로는 보지 않아 감각을 멈추고
정신이 작용하는 대로 따르게 되었나이다.

-소의 결을 따라 살과 뼈 사이의 틈새를 가르고
골절 사이에 생김새만 따라가니 그 칼이
뼈와 힘줄이 얽힌 곳에 닿은 적이 없었나이다.

포정이 재차 고하기를,
-일 년에 한 번 칼을 바꾸는 소잡이는
살을 가르기 때문이고

자주 바꾸는 이는 서툰 손길로 뼈를 자르기 때문인데
19년이 된 저의 칼은 수천 두의 소를 잡았음에도
칼날은 방금 숫돌에 간 것과 똑같았사옵니다.

-소의 뼈마디에는 틈이 있으니 칼날의 두께인들 이를
비킬 수 있고, 살과 뼈가 붙은 데를 만나면
삼가 조심하여 칼끝을 살피고는 하옵니다.

문혜군이 재차 포정에게 이르기를,
-훌륭하구나
너의 말에 나는 양생의 도를 터득했도다.

비록 소잡이가 놀린 칼질이라 하여도
그 수위와 권위가 도에 이르는 경지가 있었으니
이것이 바로 포정의 도가 아니고 무엇이었으랴

백정 유사有史

조선의 천출들인 오정五丁 중에
병정, 율정, 역정, 전정 다음으로
백정의 자리가 새겨지게 되었더라

병정은 군인이었고
율정은 광대와 사당패
역정은 말을 돌보는 자들의 지칭이었더라

전정은 화전민을 가리켰고
백정은 짐승을 도축하는
또 다른 짐승들의 이름이었더라

세월을 거슬러 오르면 북방 유목민 중에는
고려에 발탁되어 조정의 신하에 오르기도 하였으나
직업으로 층하를 지운 것은 이씨 조선부터였더라

짐승을 사냥하고 도축하는 어엿한 업이
저들의 눈에는

비단옷을 걸친 이들의 서책에는
짐승보다 못한 짓으로 적혔던가 보더라

가죽으로 북이나 나막신 만드는 갖바치도
백정의 상전 취급을 받았던 현실이
조선 백정의 실상이었더라

세도가들의 수탈에 찌들다 못하여
산간에 숨어들어 화전민이 된 이들도
백정보다 못하지는 않았더라

조선을 위해, 조선의 양반을 위해
자신의 고기와 거죽을 바친
짐승 아닌 짐승이 백정이었느니

간난하고 처절한
오백 년 세월이었더라
그보다 길게 이어진 비극의 역사였더라

양반놀음

멀쩡한 하늘 아래에서 자행되어 왔던
차마 사람의 입에 올리기 거북한 행짜가 있었으니
양반놀음, 백정 각시 타기였더라

이것이 공공연히 가능할 수 있었던 사연인즉
백정의 여자들 저고리에 표시한
검은 리본인 비표秘標들 때문이었을까나

백정의 여자라면 무시로 끌어다가 재갈을 물리고
치마를 벗겨 바닥에 엎어놓고
소나 말같이 올라타고 놀았던 양반의 행악들

목에 새끼줄을 걸어 네발로 기게 하고
오가는 사람들의 구경거리로 삼았던
지옥의 장면들이 실제로 있었으니

소몰이 말몰이의 희롱이 끝나고 나면
백주 대낮에도 버젓이 행해지던 강간 행위들까지

백정 각시 타기 놀이라 불렀다던가

인습처럼 비일비재했던 짓들 앞에서
통한의 눈물조차 허락되지 않았던 세월을
백정들은 견디며 지내왔노라니

백정 각시 타기 뒤에 임신이라도 하게 되면
수치스러운 백정 각시는
스스로 목숨을 끊기도 했나니

어찌 이를 비극이라고 입에 올릴 수 있었으리
어찌 이런 현실을 세월이라 칭할 수 있었으리
어찌 이런 도리를 사람의 일로 여길 수 있었으리

어미가 딸 앞에서 재갈이 물려 능욕을 당하고
그 딸이 어미 눈앞에서 똑같이 당해야 했던
조선의 저잣거리여 양반들의 길놀이여

터무니없는 이 증오는 어디에서 왔느냐
그 세월의 왕조는 무엇을 위해 존재하였으랴
외면과 조장은 누구를 위한 관습이었으랴

사람이 사람을 사람으로 여기지 않게 하는
야만과 횡포의 뿌리는
무도한 권세의 채찍질이 아니었으랴

한갓진 양반들의 나라
백성의 절반을 노비로 삼아 저들만을 챙기다 망한
단죄의 놀이가 백정 각시 타기가 아니었으랴

백정의 한恨

누가 어떻게 부인하고 지우려 하여도
우리의 뿌리는
북방 유목인들이었더라

오래전 이 땅에 흘러와 백성과 다를 바 없는
백정으로 정착하면서
고기와 가죽을 팔아 살아가는 민생이었더라

하나 같이 키가 컸고 골격이 좋아
이목구비도 수려한 사람들이었더라
세력이 없었던 이민족일 뿐이었더라

유교를 머리 위에 받드는 새 왕조가 서자
남자는 노奴가 되고 여자는 비婢가 되는
철천지한의 세월이 우리를 짓눌렀더라

오랑캐들의 침탈로 누란의 위기가 닥칠 때면
선두에 나가 전장을 누비던

용맹무쌍한 사냥꾼들이었더라

하지만 우리의 현실은
핍박과 멸시의 대상으로
실체가 없는 증오의 이름이었더라

사람의 형상이되 사람이 아닌 짐승들이 되어
출생의 멍에를 짊어지고
이마에 불도장을 새겨야 하는 악이 되었더라

왕과 벼슬아치들은 알까
우리의 한을
오백 년 동안이나 이어져 내려온 피눈물들을

백정은 사람의 종자였더라는 걸 알까
여인을 사랑하고 자식을 낳고 나라에 임하였던
백정은 백성의 또 다른 이름이었더라는 사실을

망나니 칼춤 1

역적이나 도적을 처형하는 형벌에도
차별이 있었던 우스꽝스러운 형법의 나라
조선은 양반들끼리 만의 낮과 밤이 아니었던가

역적질을 빼고는
권문세가의 중죄인들에겐 사약을 내렸는데
같은 죄목에도 백성들은 목을 베었던 관습

목을 베는 형장의 높은 단에 올라가
목을 치는 망나니는 백정의 일이었으니
백정이 일반인의 증오를 받게 된 배경 아니었더냐

봉록을 받는 무사나 형리들이 맡아야 할 역할을
조정과 관아는 부러 백정을 부렸던 것 아닌가
짐승을 잡는 손으로 한사코 사람의 목을 치라는 명으로

백정은 무슨 죄가 많아
산 사람의 목을 베는 형장의 꼭두각시가 되었던고

망나니의 심경을 아는 이 누가 있으랴

그때부터 백정은 이미 사람이 아니었으니
사형수의 가족들이 죄수를 단칼에 베어 달라고
구전을 넣기도 하는 경우가 생기지 않았던가

생목숨 끊는 일 앞에 어찌 두려움이 없었으리
칼날에 물을 뿜고 때로는 술에 취하여
망나니의 칼춤을 추어야만 하였더라

죄인을 베는 백정의 인상은 두억시니와 다를 바 없으니
금수만도 못한 망나니의 형상
봉두난발의 맨발 차림새가 아니었던가

망나니의 칼춤은
제 목을 허공에 솟구치도록 하였던
백정의 슬픈 하루가 아니었으랴

망나니 칼춤 2

짐승의 목을 베는 백정도
죄수의 목을 내리치는 망나니도 결국엔
매한가지 백정이었더라

추상같은 명으로 칼을 들었다고는 하지만
사람의 생명을 앗기 위해 어질머리가 들도록
추어야만 하였던 망나니의 칼춤이여,

더 누가 우리를
사람으로 여길 수 있을 것이며
침을 뱉고 손가락질하지 않을 수 있었으랴

백정들은 자신의 존엄성을
망나니의 칼춤으로 베었나니
마음껏 조롱하여라 희롱하고 미워하여라

양반들의 나라여 제 손에는 피 묻히지 않았던
비단옷의 위세들이여

너희들에겐 실로 백정이 필요한 연장이었나니

하늘이 대신하여 너희를 벌하는 날이 오리라고
우리들의 원과 한이 하늘에 닿아
너희들도 너희들끼리 목을 치는 날을 고대하는

망나니의 칼춤!
망나니의 칼춤!
개망나니들이 땀을 흘리며 맴을 도는 칼춤!

상놈의 일생

그랬지 복색에도 범례가 있었던 시절
벼슬아치들은 홍색 청색 백색 도포와 창의를
사서인士庶人들은 두루마기 차림이었더라

양민의 신랑에겐 관복이 허락되었고
신부는 화관족두리 차림으로
꽃가마를 탈 수 있었으니

왕조가 베푸는 하해와 같은 은혜
하지만 백정들에겐 이마저 허락되지 않았으니
죽어서 가는 황천길에도 상여는 언감생심이었으니

시전 거리 비단 포목들이 다랑논같이 널려 있어도
창옷 중치막 한 번 평생에 걸치지 못했던
백정의 의복은 피 묻은 짐승의 거죽이었느니

패랭이 평량갓에
오지랖마다에는, 우리는 백정이요

밤처럼 검은 흑색 표지를 달고

살아도 살아있지 않은
죽어서도 미쳐 죽음이 완성되지 못한
중음신 되어 떠도는 것 같은 백정의 일생

자식은 서당 근처에 어슬렁거릴 수조차 없어
향리의 잡과인들 꿈을 꿀 수가 없었으니
백정은 백정을 낳고 다시 백정을 낳아야 하는

그저 백정의 삶이란 것이 소나 돼지 잡아 팔다가
남은 가죽으로 신발이나 갓을 매어보는
인생이었으니

우리가 우리 머리에 얹을 갓이 아니었으며
우리가 우리 발에 신는 신발이 아니었으며
백정의 눈물이 길어 올린 상놈의 일생이었으니

제2부

衡平의 아침

형평의 서막

1

1923년 4월,
마침내
백정들도 분연히 자리를 털고 일어났더라

경상 땅 진주에서 이 나라 최초로
'백정도 사람이다' 며,
형평 운동 봉기의 깃발이 울려 퍼지고 말았더라

이미 나라 없는 식민치하 백성이었건만
백정들도 처음으로 신분 해방의 목소리를
입 밖으로 내뱉어 보았더라

어찌 탄압이 없었고
어찌 희생이 뒤따르지 않았겠는가
하지만 마침내 백성의 외침이 있었더라

백정들도 이제부터 독립운동에도 나서고

백정들도 사회의 일익을 담당하겠노라
이제는 어느 누구에게도 신분 차별받지 않겠노라

사냥을 하고 짐승을 잡는다고 하여
인간을 미물보다 천히 여기는 관례를
어찌 사람의 법도로 여길 수 있겠는가

하늘에 해와 달이 있듯이
땅에 산과 들이 있듯이
인간의 일에도 음양 고저는 존립해야 하는 법

백정의 업인들 실생활에 가치 있는 일이었으며
제의를 포함하는
신성한 하늘의 업에 틀리지 않았음이라

농사는 농민이 짓고
장사는 상인의 일이었듯
누구도 따라 할 수 없는 백정의 소임이었더라

백정의 아녀자는 결코 죄가 아니었고
백정의 자식들은 피눈물이 될 수 없었으며
죽어서 상여에도 오르지 못할 저주는 아니었더라

누가 누구를 위해 덧씌운 굴레였던가
배부른 양반들의
음흉한 통제의 수단이 아니었던가

2

나라를 빼앗긴 자들은 실로 양반들이었더라
왕이었더라
왕실이었더라

그런 나라의 민중운동은 농민들이 나섰고
개화는 선각자들이 일어섰고
독립운동은 의군 민병들이 피를 흘렸더라

아, 1923년 4월

이 나라 최초로 경상 땅 진주에서

형평의 새 아침이 고고성을 울리며 밝았더라!

개벽開闢

진주사람 강상호姜相鎬
진주사람 신현수申鉉壽
진주사람 천석구千錫九

위 양반 출신 지식인들과
백정 출신 지식인 장지필張志弼
백정 출신 재력가 이학찬李學贊

진주 중앙시장 정육점 상인들
진주 백정 350여 명
마침내 그들 앞으로 새날, 새 아침이 밝았더라

1923년 4월 25일
인간의 존엄과 평등을 만천하에 천명한
최초의 형평 운동이 깃발을 올렸더라

이는 형평사를 중심으로
백정 천민들의 계급과 지위 향상을 향한

신분 해방 운동의 태초의 닭울음 소리였더라

한날한시 한자리에 모여
한마음으로 떨쳐 일어난 혁명이었더라
마침내 밝게 솟아오른 새날 새 아침이었더라

같은 나라 사람들이 다투어서 괄시하니
식민 시대 일본 놈들까지도
백정들을 멸시하였더라

민적民籍 앞에 붉은 점을 찍거나
도한屠漢으로 기재하였고
사람 취급을 하지 않던 관행이 이어졌더라

악습은 해방 이후에도 사라지지 않아
입학 원서나 기관의 제출 서류에도
백정의 홀대가 끊이지 않고 있었더라

이제 백정의 의분들을 한곳에 모아
천지 만물과 만천하에 고하는
혁명의 함성이 불타오르고야 말았더라

사람대접을 받기 위한 뜨거움으로
대나무 밭의 죽순들처럼
대지를 뚫고 오르는 거역의 아침이 밝아왔더라

진주형평운동은 백정 신분 해방을 위해 쏘아 올린
이 나라 최초의 인권 해방 운동의
서막이자 절규였더라

참사람의 자리

공평은 사회의 근본이요 애정은 인류의 본량이다. 그러므로 우리는 계급을 타파하며, 모욕적 칭호를 폐지하며, 교육을 장려하야 우리도 참사람 되기를 기약함이라.

-형평사 창립선언문 中

형평의 길은
참사람의 자리 찾아가는 길
사람대접 받으려 가는 길

양반과 상놈과 천민이라는
구분이 법으로 정해진 것도
호적에 표시된 적도 없는데

조선의 어전 회의 때
왼쪽에 앉으면 동반이요
오른편에 앉으면 서반이라 칭하였다던가

학을 그린 대례복을 걸친 대신이거나

범을 그린 대례복 입은 대신들
문·무를 가려 양반이라 하였다던가

영의정 좌의정 우의정
정일품 높고 낮은 문무 대신 벼슬 관리들이
문헌상 366명이요

과거 급제자가 6천3백에 이르고
그 식솔에 후손들 사돈에 20촌까지를
양반이라 칭하였다지, 이씨조선에서는

치마 밑 거래로 사들인 벼슬아치도
거기 붙어사는 아전들까지가
저 알량한 양반 나부랭이들이었다지

세금도 물지 않고
징병도 부역도 나가지 않고
죄를 지어도 하인 종놈들이 대신 맞아 주는

지상의 천국이 있었다지
오로지 그들을 위해서만 존재하는
짐승들이 있었다지

해도 달도 넘을 수 없는 고개가
강물로도 세월로도 넘을 수 없는 고개가
굽이굽이 백정의 스무고개였다지

어이, 사람의 씨앗이 정해져 있었으랴
집 마당에 곤장 형틀 갖춰 놓고
아랫것들 운운하며 매타작인들 비일비재하였다지

아서라
한 번 상전은 영원한 상전이었으니
어처구니없게도 태어난 게 죄였다지

소가 소를 낳고 개가 개를 낳듯이

백정은 백정을 낳아

대대손손 양반 치다꺼리만 했었다지

봄날의 아침

길가의 벚꽃 잎들이 난분분 날리는
화창한 봄날,
진주 대안동 청년회관에서 창립대회가 열렸더라

전국 사회단체와 양식 있는 지성들로부터
축하의 화환들과 격려 전보들이 답지하였고
각지의 백정 대표 80명이 합류하였더라

형衡 -수평의 저울대처럼
평平 -평등하고 공평한

형평사의 내용과 얼굴이
널리 널리 이 나라 사람들의 인식을 향하여
퍼져나가기 시작한 날이었더라

발상지인 진주에 조선 형평사 본부가 들어서고
대표에는 강상호가 선임되었으며
위원장에 장지필이 추대되었으니

마침내
진주 형평사는 위원장과 사장의 이원 조직으로
운영의 기틀이 마련되었더라

이날의 발기총회에서 결정된 주요 사칙은
진주 본사를 중심으로 각 도 지사를 설립하고
각 군에 분사의 설립을 추진키로 하였더라

타오르는 불

혁명의 바람은 들불처럼 타올라 마침내
1924년 2월 전국의 지사·분사 대표들의 회합에
임원들의 숫자만 300명이 넘어서게 되었더라

그렇게 12개 지사와 67개 분사가 설립되고
전국 50만 백정의 신분 차별 철폐를
천하에 천명하기에 이르렀더라

한편으로 형평사 본부에서는
사원들의 친목과 품행에 따른
주지와 규칙을 서류로 남기고 발표하였더라

"사회의 관심과 동정으로
형평사가 창립된 것은
감사의 말씀을 이루 다 할 수가 없습니다.

우리의 운동은 애걸이요 호소이지 반항은 아닙니다.
우리의 목적은 신분이 해방되어

평등 대우만 받게 되면 그만이외다. (하략)"

장지필의 위원장 수락 입장문의 일부분에서 보듯이
그 속내가 사뭇 애틋하고 겸손했을 뿐더러
조심스러운 마음을 엿볼 수 있는 대목이었더라

나아가자 백정들아!

뒤를 이어 전라도 이리의 백정들도
동인회를 조직하고
시가행진을 벌이며 거리에 격문을 뿌렸더라

일어서라 백정들아!
뭉쳐라 백정들아!
나아가자 백정들아!

우리는 똑같은 하늘 아래의 사람들로서
불합리한 제도에 오랫동안 시달리고 희생되었노라
어찌 억울하고 분하지 않겠는가

천대와 멸시를 넘어 학대를 받아 왔던 우리가
이 세상 어디에도 호소할 곳이라곤 없어
아비와 아들이 어미와 딸이 마주 보며 울고 울었도다

우리는 사람이 아니었다
우리는 목숨이 아니었다

생각해 보았는가
우리의 피눈물을
사무친 설움의 시간들을 잊을 수 있겠는가

한 많은 선조들의 넋을 위로해 드리고
우리가 살아가는 세상에 볕이 들게 하여
자라나는 아이들이 꿈을 찾아서

우리는 이제 여기에서
우리의 두 주먹과 발걸음을
높이 높이 치켜들고 나아가노라

뭉쳐라!
봉기하라!
나아가라!

형평운동에서 민족해방운동으로

1924년 천안에서는
오성찬 등이 주동하여
그 지역의 형평사 혁신 발기회를 가졌더라

백정의 권익을 넘어
민족해방 투쟁을 도모하고자
자금 확보를 위한 피혁 공장을 설립하였고

경제력 확대를 꾀한 혁신파들이
조직 속으로 포진하기 시작하면서
각계의 동조를 도모하기 시작하였더라

회원들의 결속과 자각을 위한 잡지를 발간하고
배움의 한이 서린 학교의 설립을 준비하는
전기를 마련하기 시작하였더라

착실하게 한 걸음 한 걸음 나아가던
형평운동은 신분 해방을 넘어

민족 해방 운동을 향한 발걸음이었더라

이때의 장지필은 혁신파였고
진주의 강상호, 신현수 등은 초기 노선을 고수한
온건 보수파로 나뉘기도 하였지만

형평사 본부가 있던 진주에서는
또 다른 측면에서의 고난의 시기가
다가오기도 하였더라

농민의 반발과 탄압

진주 농민 2천여 명은 형평사 해지를 결의하고
40명의 결사대를 조직하여
불매운동과 함께 형평사의 곳곳을 습격하였더라

북과 꽹과리를 두들기며 시가행진을 벌였으며
"신백정 강상호는 돈에 팔려 백정이 되었다"
아우성과 함께 난동을 일삼았더라

반대 운동의 물결은
전국으로 퍼져 나갔고
새로운 형태의 백정 탄압 정책이 번져 나갔더라

몽둥이로 무장한 반대 세력들이
보이는 대로 백정들을 두들겨 패거나
상점이나 식당에 들이닥쳤더라

어느 곳에서든지 백정을 쫓아내고
사회적인 편의에서 제외시키며

짐승으로 돌아가라는 삼엄한 경고가 자행되었더라

승리의 그 날까지

1925년 8월 9일
경상 땅 예천에서 형평사 예천 분사
창립 2주년 기념식이 열리는 날이었더라

이날을 기해
반대 세력들이 눈에는 쌍심지를 켜고
저마다 무기를 들고 식장에 난입하였더라

오백여 명으로 구성된
농민 주축 난입자들의 만행은 극에 달하여
형평사 사원들을 구타하고 기물을 파손하였더라

중앙에서 내려온 장지필, 이이소 등의
형평사 간부들 모두가
이들에게 폭행을 당하고 말았더라

장지필 등은 곧바로 병원으로 이송되었고
이이소는 기둥에 묶여

반역 죄인처럼 두들겨 맞았더라

농민 패들은 형평사 사원들에게
다시 백정이 되겠다는
항복 문서까지 받아내기에 이르렀는데

산과 들로 도망쳐 노숙의 신세가 되었지만
투쟁은 여기에서 꺾이지 않았으니
백정들은 이제 밝은 미래를 기약하기 시작하였더라

장지필은 온갖 수모를 당한 뒤에
목숨이 경각에 달리는 위기를 맞기도 하였지만
굴하지 않고 형평의 소임에 의지를 불태웠더라

해묵은 선민의식과 맞서기 위한 방편을 찾아
뜻있는 곳을 찾아다니며 동분서주하였더라
언론과 민심에 호소하는 일을 멈추지 않았더라

큰 반향을 일으키며 예천 사건이 터지고 나자
전국의 형평사 사원들은 물론이고
양식 있는 사회단체에서 들고 일어나기 시작하였더라

그들의 처지와 한이 하늘을 울리기 시작하여
물심양면의 지원이 형평사에 잇따르자
사원들의 의식 또한 뜨거워지기 시작하였더라

진주와 지역의 분사 사이에 연합전선이 구축되자
강상호와 장지필은 다시
형평의 내일을 위한 맹약의 손을 잡았더라

디케의 저울

아들아!
공평함이 사회근본이면
사랑은 인간의 본성이 아니냐

한 겨레임에도
노비 천민까지도 괄시하는
백정으로 낙인을 찍어

예배당 음식점 이발소
온갖 공중 출입처마다
백정은 갈 수 없는 저승이라니

미안하다 아들아
백정의 부모라서
미안하고 미안하다

우리도
우리의 저울 위에

인권을 올려놓고

수평의 세상을
평등의 사회를
그 저울 위에 올려보고 싶구나

디케의 저울 위에
처녀 별자리의 저울 위에
형평의 저울 위에 올려보고 싶었구나

제3부

형평衡平의 날들 속으로

피맛골 박가 박성춘

-나는 대한의 가장 천한 사람이고 무지 몰각한 사람입니다 그러나 충군애국의 뜻은 대강 알고 있습니다 이에 이국편민의 길인즉 관민이 합심한 연후에야 가可하다고 생각합니다 저 차일에 비유컨대 한 개의 장대로 받친즉 역부족이나 많은 대가 합한즉 그 힘이 견고합니다

-백정 박성춘의 만민공동회 연설문-

피맛골 박가는 어디서 왔는지 부모가 누구였는지
이름도 없이 잔뼈가 굵어온 사내
사람들이 그를 단지 박가라고 불렀다는데

선교사들이 들어와 학교를 세우고
가난한 집 아이들을 가르쳐
천민의 자식들에게도 글을 깨우치게 한 뒤로

그 학생들 가운데
드물게는 서양 의사가 된 이들도 생겨나고
기독교 신학자가 되어 교회를 세웠던 이들도 있었는데

피맛골 박가 박성춘도
개화가 된 세월 속에서 신학을 접한
선구자의 한 사람이 되었더라

1895년에 그는 백정에 대한 처우 개선을
관계기관에 탄원하며 인권운동의 길에 들어서서
방방곡곡 현실을 개탄하는 방을 써 붙이고는 하였더라

자신의 손으로 패랭이를 벗고
망건에 갓을 쓰고 나타난
양의사 박서양의 아비이기도 한 인물이었더라

1898년 10월 29일 서울 종로 네거리에서
독립협회가 주최한 만민공동회 시민 대표로 나서
백정 해방을 평등사상으로 주장하는 이가 되었더라

오백 년 만에 도포 입고 갓을 쓴 백정들이
종로 거리를 활보하는

일대 혁명의 순간을 맞이하게 하였더라

비록 일제 치하의 어둠 속에서였지만
제중원 의학교 제1회 졸업생 박서양은
모교 교수로 채용돼 후학을 양성하였더라

드물고도 귀한 사례이긴 하였으나
2대에 걸친 부자의 애민사상은
진주형평운동의 초석이 되었더라

형평의 사람이 되어
붉디붉은 꽃씨 하나로 땅에 떨어져
형평의 꽃을 피운 기적이 되었더라

의사 박서양

백정이었던 박성춘은 일찍이 신분제 철폐를 주장하며
전국의 백정 마을에 평등사상을 전파했던
이 나라 계몽 운동가의 한 사람이었더라

그에게 명석한 두뇌를 가진 아들이 있었으니
서양식 의료 교육을 제대로 받고 나온
양의사 박서양이었더라

구한 말 조선 최초의 근대식 병원인
'제중원'에서 의학 교육을 받았으며
모교 교수로 임용된 당대 최고의 엘리트였더라

나중에 백정의 자식이라는 사실이 알려지자
그에게 쏟아진 주위의 냉대와 학생들의 무시는
그를 조국에서 살아갈 수 없게 하고 말았더라

간도로 이주한 박서양은
처음엔 자신이 운영할 병원부터 세웠고

이를 기반으로 민족 교육기관을 꿈꾸게 되었더라

그리고 그는
간도의 밤을 밝히는
별이 되어가기 시작하였더라

이후 양의사 박서양의 행적은
형평 운동에도
많은 영향과 족적을 남기게 되었더라

그는 사람의 병을 돌보다가 간
의사로써 만의 업적이 아니라
인간의 해방과 평등을 구현했던 큰 사람이었더라

형평에서 나와 형평으로 돌아간
참사람이자
의롭고 슬기로운 한 지식인이었더라

형평 속의 사람들

1926년이 저물어 가는 어느 하루
만주 장춘의 동아정미소에서 한 청년이
일본 경찰에게 검거되었더라

청년의 수중에서 기밀 서류들이 나왔는데
비밀 독립운동 단체인 고려 혁명당의
서류들이었더라

고려 혁명당은 중국에서 활약하는
대표적인 항일 독립운동 단체로
많은 사람들이 거기에서 활동하고 있었더라

현익철, 양기탁, 고할신, 최동희, 현정경, 이규풍, 김봉국,
주진수, 이돌구, 이동락, 정이형, 송헌, 곽종대 등이
1926년 4월 5일 만주의 지린성에서 결성한 조직이었더라

초대 위원장 양기탁, 책임 비서 이동구, 위원으로는
정이형, 현정경, 고할신, 오동진, 이동락, 김봉국, 현익철,

이규풍, 최동희, 주진수, 곽종대 등이 선임 되어 있었더라

조직 안에 1,600 명의 당원을 두고 있었는데
민족주의자와 사회주의자가 섞여 활동하였으나
목표는 일제의 탄압에 함께 맞서는 것이었더라

시간이 지날수록 투쟁 노선의 갈등은
잦은 내부 동요를 일으키게 되었으니
결국 민족주의자들을 중심으로 탈당이 결행되었더라

거기에서 청년의 체포 사건으로 인하여
이동락, 정이형, 이동구, 이원주, 유공삼은
하얼빈에 남고 일부 간부들은 일경에 체포되었더라

현익철을 필두로 고려 유일당으로 들어갔거나
소련이나 만주 등지로 흩어진 뒤에
조용히 조국으로 돌아온 당원들도 있었더라

고려 혁명당은 항일 운동사에서 사라진 것 같았으나
얼마간의 시간이 흘러가자
새로운 움직임들이 꿈틀거리기 시작하였더라

검거되지 않은 양기탁, 오동진 등이
국내의 항일 세력으로 손꼽히는
천도교가 형평사의 조직과 선이 닿게 되었더라

길림에서 조직된 형평사와도 손을 잡았는데
얼마 후에 이이소, 공유삼 등이
하얼빈에서 체포되는 비운을 맞이하고 말았더라

뒤를 이어 국내에서 암약하였던
장지필, 오성환 등
6명이 체포되었으며

이때가 바로 국내외 형평운동의
일대 위기의 순간이었으나 꾸준한 노력으로

민족해방투쟁의 전선은 명맥을 이어 나갔더라

일제의 재판정에서 이이소는 징역 7년
오성환은 징역 4년 형을 받았고
장지필 역시 2년의 옥고 뒤에야 석방되었더라

나라를 잃은 식민지 백성으로
먼 이국을 넘나들며 인권과 독립을 위해 투쟁했던
그들은 형평 속에 피었다 간 꽃들이었더라

여명 속으로

사회주의 단체들과도 연합하여
민족해방 투쟁을 이어 가기를 주장하였던
이동환, 박평산 중심의 급진파들

자주적 민족해방운동을 벌이자는
장지필, 김종택 중심의 온건파들이
서로의 입장에 서서 활동을 전개시켜 갔으니

투쟁의 와중에도 노선의 이념은 중요한 갈등이었더라
나중에는 장지필 등이 주도하여
급진파 계열의 110개 지부를 형평에서 제적하였더라

하지만 불행인지 다행이었든지
형평사는 소부르주아적 집단이니 단호히 해소하고
도부 노동조합 등으로 전환하자고 주장이 대두하고

급진파 간부 이동환 등
100여 명이 일시에 검거되어 투옥되는

비상사태가 발발하게 되었더라

그 사건을 계기로 향후 형평사의 방향은
온건파를 주축으로
단체의 위상이 정립되어 나가기 시작하였더라

형평운동의 인물들과 형평운동의 함성이 울려 퍼졌던 길에는
숱한 애환이 쑥 뿌리들처럼 뻗어 있었더라

형평의 새 깃발

1936년을 기점으로 형평 운동은
정치적 색채의 활동에서 빠져나와 인권 향상의
사회개혁 정신으로 자리잡아가기 시작하였더라

백정 신분을 해방시키려고 벌인 처음의 취지로 돌아가
출발 첫해 꾸려진 80여 개의 조직이
1930년대에 이르러 160개의 지부로 성장하게 되었더라

그로부터 5년 뒤에는
전국의 회원 수가 9,600여 명으로 불어났고
전국 백정 중에 3만 7천여 회원이 가입되었더라

초기에는 일부 사회주의 노선으로 출발하여
인민의 계급 해방 운동으로
발전시키려고 했던 사람들

인권운동으로 유지 발전시키려는
사회운동의 세력들 간의

치열한 대립을 겪으면서 자생력을 키우기도 하였더라

우여곡절 뒤에서야 온건파들의 이념으로
형평운동의 근간이 이뤄졌으며
해방 이후에도 근대 인권운동으로 자리 잡게 되었더라

형평 청년회

1924년에 처음 조직되었던 형평 청년회는
형평 학우 동맹 구성원들이 사회운동 세력들과 연계하며
조선 형평 청년회 총동맹으로 발전시켜 나갔더라

1926년의 고려혁명당 사건으로 장지필 등이 구속되자
1927년 4월 서울에서 열린 제5차 형평사 대회에서
조직의 명칭이 조선 형평사 총본부로 개칭되었더라

1928년 4월 제6차 정기총회에서는
일본 수평사水平社와의 제휴가 이루어지기도 하였지만
급진파와 온건파의 대립 양상이 극심한 시절이었더라

1930년대 초까지
국내외 형평사 운동은 청년 동맹을 위시한
형평사 본부 활동으로 이루어졌더라

이처럼 형평운동은 형평사 창립 초기부터
여러 가지 난관에 부딪히기도 하였지만

꾸준히 조직의 세를 불려 나갔더라

봉건적 관습에서 벗어나지 못한
일반 농민들의 거부감과 함께
일제의 감시와 탄압이 형평사의 멍에가 되었으나

형평의 정신과 그 깃발 아래 모인
형평 청년회의 활발한 활동은
세상의 인습에 영향을 미치는 밑거름이 되었더라

한편 일제 총독부 정책에도 변화의 조짐이 보여
백정들의 호적에서 도한을 삭제시키는
지침이 단계적으로 세워져 나갔더라

마침내 일본이 물러간 해방정국 속에서
백정들도 어렵사리 사람의 목소리를 되찾는
인간해방의 시간을 맞이하게 되었더라

칠천인七賤人

조선 시대에 일곱 천민들이 있었더라
최하층인 그들은 사람으로 대접받지 못했는데
노비 백정 기생 갖바치 상여꾼 광대 무당이 그들이었더라

자식들까지 연좌제를 적용하였으며
백정은 백정질 말곤 다른 할 일이 없었는데
인구조사에 포함되지 않고 호적부도 발급되지 않았더라

장가를 가도 상투를 틀지 못하였고
사는 곳도 제한되어 있었으며
거지보다 낮은 계층으로 평생을 보내야 하였더라

봉건제도가 무너진 구한말까지
신분과 남녀 차별은 여전하였고
매물로 사고팔던 노비제의 악습이 횡행하였더라

갑오개혁 이후에도
법보다 무섭고 호랑이보다 더 무서운

관습의 틀은 이어져 내려오고 있었더라

그러니 인권혁명의 중심인 진주에서 봉기한
형평사 운동은 쇠심줄보다 질긴
칠천인의 청산에 바쳐진 숭고한 운동이었더라

형평의 완성을 위해
수많은 목숨들이 지나갔으며
형평의 깃발 아래 수많은 희생들이 쌓였더라

양반의 입

왕실과 귀족 양반들의 입에서는
한 철도 고기반찬이 떠나지 않았더라

농사지을 소를 보존하기 위하여
일소들의 도축을 금하였어도
먹을 놈들은 배가 터지도록 먹고
나눌 놈들은 나눌 만큼 나누었더라

하늘이 알고
땅이 알고
백정이 아는 사실이었더라

흉년이 들었던 극심한 해에는
일반 백성에게는
일소의 도축 단속령을 내려놓고는
뒤편에서는
고기를 찾았던 세도가 양반들의 입

밀도살 곤장 일백은 하인이 대신 맞고
권세로 무마하고 엽전으로 둘러막아
먹물로 이마에 자자형을 당하고
죽음 같은 곤욕을 치르는 것은
늘 백정들이었더라

고대의 왕실에서는
제사에 바칠 제물은 신성하게 여겨
군주가 시종을 헤아리고

제물을 마련하는
왕실의 요리사에겐 직책도 내려주고
예우하여 주었다던데

불가에서조차
생업의 수단으로 행하는 살생은
선업도 악업도 아닌 무기업으로 쳐주었다던데

양반의 구린 입이
백정의 칼질보다
더 피비린 행짜였음을 그들은 알까

백정만 아는
양반의 입들이 있었더라
백정만 아는

진주 교회

1909년 부임한 라이얼(Lyall) 목사는
백정은 인간이 아니니 교회에서 내보내라는
신도들을 향하여 아래와 같이 호소하였더라

하나님 앞에서는 차별 없이
누구나 평등하다
예수님도 이런 차별은 결코 원하지 않느니라

하지만 예배당에 모인 4백여 교인들은
절반도 넘게 자리를 박차고 교회를 나갔버렸더라
백정들과는 함께 천국에 갈 수 없다며

사람들 마음에 새겨진 관습의 벽이란
그렇게 쉽게 무너지는 게 아니어서
진주 남강 뒤벼리 암벽처럼 꿈쩍도 하지 않았더라

신도들의 분쟁은 49일간이나 지속되었고
일반 신자들의 거센 목소리에 밀려

백정들은 결국 다른 장소에 모여 예배를 보았더라

진주 남강의 왕대 같은 고집으로
백정들을 한사코 거부하였던
진주 교회는
형평사의 평등정신이
서서히 뿌리를 내리기 시작하면서

백정도 하느님이 내린 사람으로 여기는
백정도 자신들의 형제로 인정하는
백정들의 교회가 되었더라

아들아, 학교 가자

조선 중기의 유명한 시인이자 독서가인
김득신은
열 살 넘어서야 글공부를 했더라

독서광 김득신은
임진왜란 때 '진주 대첩'에서 진주성을 지킨
김시민 장군의 손자로서

유명 학자들이 말문을 열면서부터
사서삼경을 뗐다고들 하지만
"학문의 성취가 늦는다고 성공하지 말란 법이 없다."

그의 아버지가 이 아비처럼 못나서도
그의 아버지가 이 아비처럼 가난해서도
아니더라

그의 아버지는 경상도 관찰사를 지낸 사람
김득신은

어릴 때 천연두를 앓아 노둔한 편이었더라

그럼에도 그는
한 번 읽은 책을 읽고 또 읽었고
사기열전 중『백이전』은 셀 수 없을 만큼 읽었더라

나이 이십이 넘어 과거에 급제하고
당대 최고 문장가로 이름을 널리 떨쳐
여러 벼슬에도 올랐더라

읽고 또 읽으면 대문장가도 될 수 있다
지금 학교를 못 간다고
울지 마라 아들아!

그의 묘비에는

배우는 이는 재능이 남보다 못하다고
스스로 한계를 만들지 마라

나는 끝내 이루었다 부지런해야 한다.

만약 재능이 없거나 넓지 못하면

한 가지에 정진하여 그것을 이루려 힘써라

이리저리 옮기다 아무것도 못 이룬 것보다 낫다

이 모두 스스로 깨달은 것이다.

제4부

진주, 진주 사람들

진주 사람들 1

진주는 예로부터 백성이 떨쳐 일어난 고장
고려 신종 때 관청과 사가의 노예들이
함께 반란을 일으켰더라

벼슬보다 의를 위한 실천
남명 조식의 철학이 배어있는 땅
제자들은 임진왜란에 모두 의병으로 나갔더라

조선 철종 때엔 최초로 농민들이 민란을 일으켜
경남 전라 충청을 흔들었고
뒷날의 동학 농민혁명의 씨앗도 되었더라

백성들의 고혈로
호사스런 술잔치에 빠져있던 고을의 수령들은
크게 당황하여 물 갈대들처럼 흔들렸더라

농민과 서민들의 목숨붙이가
하루살이처럼 경각에 달려있던 흉년에도

죽은 이들에게까지 백골징포를 일삼았더라

하늘은 하늘대로
대지는 대지대로
백성은 백성대로 대노하게 되었더라

향리와 아전들의 가렴주구를
조정과 관아는 모른 척하다 못하여
오히려 착취의 도구로 써 오던 세월이었더라

식자들 사이에서 급히 격문을 돌리고 방이 붙여져
괭이와 낫을 손에 들고 머리에 흰 수건을 동여맨
성난 민심의 물결이 진주성으로 흘러들었더라

진주민란의 큰 함성이 천지를 진동하여
거대하게 분출된 애민보국의 사상은
진주를 출발하여 전국으로 퍼져 나갔더라

그렇게 이어져 내려 왔던
민중의 정신과 함성이 이 땅 진주의
진주 사람들의 형평운동의 원천이었더라

그게 바로 진주의 푸른 하늘이었더라
남강의 끊어지지 않는 물결이었더라
진주, 진주 사람들의 의로움이었더라

진주 사람들 2

낡고 부패한 늙은 왕조를 돌아보게 하였던
갑오개혁으로 신분제가 폐지되고
조선의 반상 논리가 빛을 잃기 시작하였어도

백정을 향한 멸시와 천대는
쇠심줄처럼 질기게 남아 이어지고
고리처럼 엮여 있었더라

백정들이 앞으로 나서 자신들의 사재를 털고
선각들과 청년들이 앞다투어
일으킨 인권운동의 출발이 있었으니

저울衡처럼 공평平한 세상에 이르는
형평운동은 그 시대의 혁명이었더라
진주 민심의 역사였더라

전국 최초로 이 일을 주도해 나갔던 사람들이
바로 경상 땅 진주에서 살아온

진주, 진주 사람들이었더라

인권해방의 붉은 불길이었더라
불꽃은 순식간에 타올라
전국의 방방곡곡으로 번져 나가는 들불이 되었더라

사람 위에 사람 없고
사람 아래 사람 없는
공평은 인권의 첫장이라고 만방에 외쳤더라

백정도 짐승이 아니라 사람이니
사람답게 살 수 있는 기회를 달라고
하늘과 땅과 세상에 고하였더라

진주의 하늘 아래
진주의 땅 위에서
진주, 진주 사람들이
맨 처음으로 그렇게 부르짖었더라

진주 사람 강상호

진주 형평운동의 산맥이었던 백촌 강상호는
조선이라는 나라가 대문을 닫아걸 무렵에
스무 살 젊은 청년이었더라

그는 훗날 국채보상운동에도 앞장을 섰고
기미 3·1운동에도 자신의 열정을 불살랐으며
사회운동의 와중에 옥살이를 하기도 하였더라

진주사람 강상호!
가난한 농부들의 세금을 대납하여 주곤 하였던
천석꾼인 그는 별로 부러울 게 없는 사람이었더라

"백정들을 개선시키지 않고 사는 것은 위선이며
식민지 조선인들끼리 차별하고 탄압하는 것은
결국 일본의 식민통치를 돕는 어리석은 일이다"

인간은 저울처럼 평등하다는 내용으로
형평운동을 독려하던 자리에서의 그의 발언은

명쾌하면서도 울림이 오래가는 내용들이었더라

실생활 속에서도 진주 사람, 강상호는
백정의 자식을 두 명이나 양자로 들여
그 아이들의 손을 잡고 학교를 갔었더라

백정의 자식이라 취학이 되지 않는
부당함에 반대하여 그가 학교에 고하기를
아이들은 법적으로 내 자식이니 입학시켜 주시오

어엿한 양반 가문의 장손이었으나
편견과 차별 앞에 자신의 생을 걸었던 그가
두 눈을 크게 부릅뜨고 외쳤던 것이었더라

훗날 백정들의 단체인 형평사 사장이 되어
스스로 '신백정新白丁'의 길로 들어선 선구자가 되었으니
그가 바로 진주 사람 강상호였더라

진주 형평사의 발족은 진보사회단체와
일부 여론의 호의를 입기도 하였으나
한쪽에선 반발이 일어나고 탄압이 뒤따랐더라

1923년 5월 24일에는
수백 명의 진주 농민들이
형평사 해산을 요구하며 들고일어났으며

그해 8월에 이르자
1만여 명의 농민들이
형평사 폐지를 위해 진주 시내로 몰려 나왔더라

그들은 형평사를 지지한 청년회와 교육회 등의
건물을 파괴하고 인명을 향한
무차별한 폭력을 자행하고 말았더라

어느 날은 탁윤환이란 사람이
형평사 근처에서 백정 놈들 운운하며

온몸으로 시비를 걸어왔었더라

나중에는 제 패거리까지 불러들여
형평사 사장 강상호의 뺨을 때리고
옷을 찢어발기는 집단 폭행을 자행하였더라

경관들이 출동하여 사태를 진압하기는 하였지만
그들은 형평사에 동조하는 주위 사람들까지
백정으로 치부하고 징치할 것이라는 협박을 일삼았더라

강상호, 신현수, 천석구 등의 이름이 적힌
'신백정'의 깃발을 들고 곳곳에서 시위하였으며
그들의 집까지 습격하여 갖은 행패를 부리고는 하였더라

진주 사람 강상호는 한 번도 이런 일에 굴하지 않고
스스로 '신백정'의 길을 꿋꿋하게 걸어 나갔으니
그는 줄어들지 않는 남강의 물결 같은 사람이었더라

"사람은 모두 똑같은 사람이다
백정도 사람이고 양반도 사람이다
인간은 저울처럼 평등하다"

한 편으로 형평사 탄압과 폭력의 징후들을
식민통치에 방해되는 사회운동에 가하는 것이라며
방관하는 경찰 역시 뼈아픈 부분이었더라

문중의 외면과 따돌림 또한
강상호의 슬픔과 외로움이었는데
집안의 재력도 차츰 스러져 가는 조짐이 찾아들었더라

더구나 해방 후의 인민군 점령기에
억지로 뒤집어쓴 좌익 감투의 이력이
그를 찍어 누르는 또 하나의 족쇄가 되고 말았더라

내용적으로는 좌익들과 척을 지고 지내왔지만
결과적으로는 남은 재산들을

우익 진영에게 모두 빼앗겼고

말년에는 자식들 교육에도 힘이 부칠 정도였고
땟거리까지 마땅치 않은 가난에 시달리다가
1957년 쓸쓸한 모습으로 세상을 떠났더라

그가 얼마나 소중한 사람이었는지를
그가 얼마나 아름다운 사람이었는지를
그가 가고 난 뒤에서야 알게 되었는지

그를 보내는 장례식장에는
전국에서 모인 50만의 인파들이 인간 띠를 이루었으니
그들이 바로 이 나라의 '신백정'의 후예들이었더라

양반의 신분을 팽개치고 전 재산을 희사해 가면서
인권해방과 계급타파 운동의 선봉에 섰던 그에게
전국 축산기업 조합장葬으로 장례가 9일 동안 치러졌더라

진주, 진주 사람 강상호의 가는 길이
남강 오백 리 물길과도 같았으므로
그의 삶도 죽음도 형평의 길 위에서 영원하리라

큰 바위 얼굴 강재순

진주성 남강 일대의
천석꾼 재력가인 강재순의 가계는
정3품 통정대부의 집안으로 주위에 알려졌더라

강재순은 3·1만세운동의 독립선언서를 활자화하여
진주 시내에 뿌리고 다녔던 일화로 유명한
열혈 항일운동가의 일인이었더라

민족교육 사업에도 힘을 기울여
민간 서당이었던 봉양재를 승계하여
1910년 사립 봉양학교를 설립하여 초대 교장을 역임하였더라

슬하에 4남 1녀를 두었는데
강상호, 강영호, 강신호 세 아들이 형평운동, 아동 운동가,
경남 최초의 서양화가 등으로 빼어난 활동을 했더라

강상호가 나중에 형평사의 사장이 되었던 것도

사실은 호랑이의 핏줄을 물려준
부친 강재순의 혈통 때문이었더라

강재순의 핏줄들

3·1 만세가 지난 어느 날
강상호는 길을 가다가 한 무리의 젊은이들이
백정을 끌어와 개를 잡으라던 광경을 목격하였더라

아직도 백정은 사람 취급을 하지 않던 시절인지라
젊은이들도 다투어서 백정에게로
주먹질과 발길질을 하며 다그치던 모습이었더라

피투성이가 된 백정 사내는 몰매를 맞고
현장에서 죽음을 맞이한 참상으로 이어졌고
가족들이 경찰서에 찾아가 억울함을 호소하였으나

민적이 없는 백정에게는
법적 살인이 성립되지 않은 쪽으로
사건이 무마되었고 현장이 수습되었더라

사람들이 살아가는 공간에서
대낮에 이런 만행이 벌어질 수 있다는 사실이

강상호는 무섭고도 참담하였더라

그때부터 그가 살아가야 할 운명의 마주침이
그의 마음속으로 파고들게 되었고
1923년 4월 24일 그는 형평사 깃발을 높이 들었더라

강재순의 둘째 아들 강기호는 일찍 죽었고
셋째 강영호는 휘문중학교를 졸업하고
일본으로 가 동경대학에서 아동 문학을 전공하였더라

강영호 또한 강재순의 자제로서 손색이 없는 자질로
우리나라 아동문학사에 큰 별이 되어
진주 사람들의 기억에 남아있었더라

강영호는 어린이 운동의 아버지로 불리는
소파 방정환 선생보다 먼저
어린이를 위한 기념일을 제정하였던 인물이었더라

진주 소년회의 후원자로 활약하였으며
색동회에도 거액의 후원자금을 쏟아부은
걸출한 문화운동가이자 아동문학가였더라

넷째 아들 강신호는
일본에서 서양화를 전공한 화가로 알려졌는데
남강에서 수영을 하다 심장마비로 사망하였더라

강재순의 핏줄들은 그렇게 진주의 곳곳에서
같으면서도 다른 영역에서 남다르게
진주, 진주인의 자긍심을 드높여 주었더라

자산가 백정 이학찬

백정의 자녀는 국공립학교에 입학할 수 없고
사립학교에서도 신분이 밝혀지면
학부모들이 나서서 퇴학을 시키는 예가 허다하였더라

진주의 망경북동 섭천 가에 살던
재력가 중의 한 사람이었던 이학찬은
아들을 공립학교에 입학시키려다 거절당하였더라

거액의 기부금을 내고 진주 제3 야학에 입학시켰으나
학생들의 구박과 횡포를 견디지 못해 자퇴하였는데
그것은 단지 아비가 백정이어서였더라

신분을 숨기고 서울의 사립학교에 입학시켰지만
여기에서도 백정 자식의 낙인을 벗지 못하니
천형보다 질긴 지옥 같은 관습이었더라

때마침 진주에 일신고등보통학교를 설립한다며
재력가인 그에게 신축 공사를 도와달라는

제의가 들어왔더라

여기에 이학찬은 자식의 입학조건으로
진주의 백정들로서 장정 70명의 임금을 책임지고
자신의 일처럼 학교의 건축공사를 도왔더라

그렇게 공사가 끝나 학생의 입학이 시작되었는데
그새 태도가 바뀐 학교로부터
자녀의 입학 불가를 통보받기에 이르렀더라

이에 이학찬의 분노가 하늘을 찌르게 되었더라
그는 진주의 양반 가문 강상호를 찾아갔으니
이는 진주형평운동의 시발이 되는 지점이었더라

이학찬은 당시 조선일보 진주 지국장 신현수도 찾아가
그간에 있었던 자신의 사정을 토로한 뒤에
이런 일은 결코 있을 수 없다고 외쳤더라

강상호, 이학찬. 신현수는 동지가 되어
전국의 백정들에게 차별과 부당함을
피눈물로 호소하였더라

백정 이학찬의 이름 석 자는
진주 형평사의 태동기부터 백정 해방의 깃발이 되어
오래도록 나부끼는 전설이 되었더라

대망의 1930년
마침내 백정의 자식도 취학이 허용되는 세상을 연
맨 처음의 밀알이 되어 남게 되었더라

유학파 백정 장지필

수백 년 동안 핍박을 받아온 백정 출신들은
갑오개혁을 통해 새로운 세상의 꿈을 좇아
백정의 아들 장지필도 가슴이 두근거렸더라

국내 교육이 어려웠던 그는 일본 메이지 대학에 유학하여
법과를 마치고 검 판사에 도전하리라는 희망을 품고
일본인 겐지로의 도움으로 유학의 길에 올랐더라

그러나 결국 도중에 중퇴하여 귀국하였고
처음엔 총독부의 관리로 채용될 예정이었으나
관청의 등본 한 통이 그의 운명을 돌려놓았더라

민적에는 아직도 출생 이전부터 따라다니던
낙인이자 올가미인 백정이란 이름의 '도한' 표지가
고스란히 남아 있었더라

통탄스런 민적 앞에서 그만 낙담하고야 말았더라
어떻게 이럴 수가 있다는 말인가

갑오개혁으로 개선한다던 신분 차별은 거짓이란 말인가

백정도 능력만 있으면 관리도 되고
학자도 되고 예술가도 될 줄 알았는데
검은 글씨의 기록은 그림자처럼 따라다니고 있었더라

1917년 러시아 혁명으로
유럽 사회주의가 일본으로 들어오고
1922년 일본에서 수평사가 창립되던 때,

장지필은 그때부터 조선 팔도의 백정들을 상대로
저울처럼 평등하고 공평한 세상
형평사를 부르짖으며 뛰어다니기 시작하였더라

진주에서 시작되어 전국적으로 퍼진
조선 형평 운동의 이론적 배경과
지적 생산물의 핵심 브레인 장지필은

1923년 형평사 설립 대회에서

초대 총무로 취임하여

진주형평운동의 대들보가 되었더라

비봉산의 정기

조선의 선승 무학대사는 대봉산大鳳山 바위를 깨고
거기에 연못을 파 가마못이라 하였더라
그것도 펄펄 끓는 가마라는 뜻이었더라

진주의 의기가 너무 드세어 왕실을 위해
행한 일이었다는데
그때 알을 품은 봉황이 날아 가버렸다더라

대봉산이 큰大를 떼고 날飛를 써서
비봉산飛鳳山이 되었다더라
어허라, 사실이건 아니건 그랬다더라

하지만 삼천여 병력으로 삼만 왜군을 물리친
김시민 장군의 용맹은
어디로도 날아가지를 않았더라

아녀자 아이들은 물론 노인들까지 몰려나와
돌을 나르고 깃발을 흔들어댄

진주성의 함성은 건재하고 있었더라

백정도 품에 안아 사람의 마을로 함께 가자던
형평사의 이념은 그 무엇으로도 깨부술 수 없는
비봉산의 정기였다 하더라

대봉의 높다란 정상에서 세상 속으로 날아간
봉황의 날갯짓이었다더라
이 땅 진주의 혼이었다더라

의기 산홍이

을사조약 때 나라를 팔아 호의호식한 이지용에게
당당히 맞서 응대한 기생의 전설이 살아 있었으니
진주 의기 산홍이 사연이었더라

의술에 바느질까지 능한 여인인들
관비의 멍에 앞에선 사대부의 노리개나 첩실로 들인
남존여비의 뿌리 깊은 적폐의 소굴이 조선이었으니

나는 새도 떨어뜨린다는 세도가 이지용이
천금의 유혹으로 첩의 자리를 제안하곤 하였지만
한사코 거부했던 의기 산홍이

최후통첩의 자리에서,
'제가 아무리 천출이지만 어찌 역적의 첩이 될 수 있겠나이까'라며
단호히 거절했더라

봉변은 물론이요 죽음도 불사하고

매국노의 면전에서 의기의 면모를 드러낸
산홍의 애국 행위야말로

적장을 끌어안고 푸른 남강에 몸을 날린 논개를 이어
진주의 정신을 높이 살려 전하는
역사의 수레바퀴였더라

그렇게 경상우도에 자리한 진주,
의와 예에 빛나는 고을의 얼을
만대에 이어져 오게 하였더라

진주 기생 산홍의 그 푸른 의로움은
백정도 참사람으로 더불어 살자는
진주형평운동 정신과 한 물줄기더라

김소월 시인과 진주 여인 채란

1

'진달래꽃'이 되어 남아 있는 여인
이별의 시가 되어 읽히는 여인
채란이라 불리던 진주의 여인

가난하고 천한 집에서 태어난 그녀는
그 시절의 노비들처럼 백정들처럼
기방으로 팔려가 진달래꽃이 되었더라

봄바람이 불면 제일 먼저
이 땅의 어디에서나 피어나던 꽃
누구나 손쉽게 꺾을 수 있었던 꽃

열세 살 어린 나이에 계모의 손에 이끌려
타지에서 온 행상에게 팔린 뒤에
조선팔도가 모자라서 홍콩 다렌 톈진까지 떠돌다가

평안북도 영변 땅에 날아와

어느 봄날의 한 마리 나비 되어
시인 김소월과 처음 마주 보게 되었다는데*

소월은 당시에 관동대지진을 겪고
황폐한 정신의 사막을 건너
영변에 귀향해 조부의 광산일로 소일하던 참이었더라

민족의 설움과 애환이 깃든 시를 쓰며
식민지 백성의 설움과 애한을 곱씹던 중에
진주 여인 채란을 만나게 되었더라

그렇게 길가의 진달래꽃 한 송이는
가난하고 서러운 봄꽃으로 피어
시인의 가슴에 스며들어 시가 되었더라

진달래꽃이 필 무렵 타올라
채란의 자취 속에 숨어 피었던
운명 같은 사랑은

어지러운 세상에서 돌아서야만 했던
시인에겐 영원히 잊을 수 없는
이별의 시가 되었더라

2

소월이 홀로 쓸쓸한 심사를 견디던 밤에
담 하나를 사이에 두고 들려오던
여인의 애절한 노랫가락이 있었더라

목소리에 담긴
향수와 비원의 마음에는
피치 못할 삶의 질곡이 배어있었더라

기생의 신분에 옥죄어 왔던 정한 속으로
고향 진주를 그리워하며 부른 그녀의 노래는
소월의 감성을 울려 채란의 시로 피어났더라

그때 채란이 부른 「팔베개의 노래」**는
김소월이 받아 적어
민요시 '팔베개 노래조調'로 남게 되었더라

첫날에 길동무/만나기 쉬운가
가다가 만나서/ 길동무 되지요
날 글다 말아라/家長 님만 님이랴
오다가다 만나도/정 붓들면 님이지

(중략)

집 뒷산 솔밭에/버섯 따던 동무야
어느 뉘 집 가문에/시집 가서 사느냐
영남의 진주는/자라난 내 고향
부모 없는/고향이라우
오늘은 하룻밤/단잠의 팔베개

내일은 상사相思의/거문고 베개라

첫닭아 꼬꾸요/목놓지 말아라

품속에 있던 님/길 차비 차릴라

두루두루 살펴도/금강金剛 단발령

고갯길도 없는 몸/나는 어찌 하라우

영남의 진주晉州/자라난 내고향

돌아갈 고향故鄕은/우리 님의 팔베개.

* 김소월과 진주 기생 채란에 관한 사연은 진주 문화사의 한 페이지에 남아 있다.

** 1934년 33살로 요절한 시인 김소월과 진주 기생 채란의 짧은 사랑의 배경이 되었던 '팔베개 노래'는 진주의 극단 〈현장〉에서 극화劇化된 적이 있었다. 형평운동의 중심인 진주에 동 시대에 존재하는 흔치 않는 내용인지라 그때의 기사를 수집하여 시화詩化하여 보았다.

발문 · 시인의 말

북사동 시인이 아로새긴 형평

홍창신

(칼럼니스트, 형평운동기념사업회 전 이사장)

박구경 시인의 봄날은 '북사동'에 쟁여 있다. 북사동은 경상남도 진주와 사천이 경계로 삼은 29,000㎥의 두량 못(斗良池) 가생이에 옹기종기 둘러붙은 마을이다. 거기 두량 1·2·3·5·6리, 장전1·2리, 금곡리의 주민을 돌보는 북사동 보건진료소가 있으니 오랜 시간 소장 소임으로 그들 속에 녹아 산 이가 박구경 시인이다. 경상대학교 간호학과(전 경남간호대학) 출신인 박 시인은 모교에서 이십 여리 떨어진 북사동 들판에서 무려 36년의 봄을 산 것이라. 그녀는 농경사회가 해체되는 막바지의 들판을 지키는 장년의 농부들이 노인이 되도록 그 역정을 함께 겪었다.

진료소란 것이 어디 감기약과 소화제 빨간약과 물파스만으로 돌아가는 곳이던가. 외과 내과는 물론이고 헝클어진 머릿속까지 들어 엎어 쏟아내는 하소처이자 호소처라. 게다가 속살

거리는 소드레꾼(말전주꾼)과 어기대는 떼쟁이의 출몰지이기도 한지라 그 속에 한데 섞여 녹아야 비로소 제 노릇을 챙기는 물건이라. 포르말린 냄새를 피해 들판으로 기어들어 6종 의료인으로 나랏밥을 먹은 지 몇 차례의 봄을 지나서야 근근이 그 속에 스며들게 되더란다. 무의촌의 '진료소'란 것이 동네 타작마당일 뿐 아니라 기왕에 뽑혀 나간 마을 어귀의 장승 노릇도 겸해야 제대로란 것이다.

> 오랜 겨울 가뭄 끝에 연이틀 내린 비로
> 겨우살이풀들이 머리를 다듬고
> 따사로운 햇볕이 아이들을 불러냈다
> 진료소 계단에 걸터앉아서
> 대산댁 여식 둘이 동전 놀이를 한다
> 햇살이 계단으로 굴러 내려
> 십 원짜리 동전이 된다
> 쥐똥나무 울타리에 앉은 새 한 마리가
> 봄을 쪼아 물고 노래한다
> 겨울 가뭄으로 굶주렸던 길섶에는
> 집으로 돌아간 영임이 말임이의 재잘거림이
> 노오란 새순으로 돋아나고 있다.
>
> —「봄」 전문

진료소 창 너머 핀 봄이 느긋이 내다보였던 해 진료소장 박구경의 중얼거림은 詩「진료소가 있는 풍경」으로 피어났고 그게 공무원 문예대전에서 '행안부 장관상'을 받으며 북사동은 박구경과 함께 두루 알려졌다.

한가락 하는 서울의 문사들이 겨끔내기로 북사동을 댕겨(다녀)갔다. 박구경은 천 리 길 찾아온 이 노객들 시봉에 지극정성이었다. 본시 진주 사람들의 손 대접이 좀 유달스럽긴 하다. 뉘가가 내려왔다 하면 삽시간에 우르르 모여 함께 몰려다니며 끽음 끽주의 차수를 착실히 채우기가 예사라. 잠자리 곰살맞게 보살피고 떠날 땐 배웅 나가 차표까지 끊어 꼬막살(미간의 주름)을 지으며 석별지정을 구사하니 이 느닷없는 환대에 깍쟁이 노릇에 이골이 난 서울 사람 중엔 가만히 경악하는 이도 있다. "이 사람들이 어째 이러나!" 하고. 하지만 무슨 꿍심이 있어 그런 건 아니다. 손겪이에 성심을 다하는 것이 이 동네 사람들의 본시 면목이랄까.

환대의 배경을 굳이 따지자면 변방 사람들이 느낀 허기진 감정이 우러난 것임이라. 활자로만 접하던 동류와의 상봉이 귀하고 반가운 것이다. 또한 서울살이와는 사뭇 다른 것이 시간의 속도가 그러하고 통하는 공간의 개념이 판이하다. 시방 앉은 곳이래야 게가 어디건 지척이니 전화 한 통이면 단숨에 닿는다. 분초를 따지는 절박함이 없으니 "쪼매 있다 가꾸마"하면 두어 순배 술잔이 도는 사이 어느새 당도해 있는 것이라. 좀 볼만하거나 놀만하거나 먹을게 나올만한 건 몽땅거리 '서울'로 몰아놓고 만 것이 그간의 나라꼴이다. 소롯이 서울과 시골로만 양분된 나라라니. 시골살이 거의가 궁기 쫄쫄 넘치는 시절이었지만 특히 지방에서 느끼는 문화 예술적 갈증은 더하고 진했다. 낡은 극장이 서너 개 있을 뿐 변변한 공연 전시장 하나 없거니와 설사 있어도 채울 '꺼리'가 막막한 심정적 오지의 환경에서 삐댄 세월이었다. 그러니 내로라하는 동속의 내방이 반가울밖에. 그 총중에도 박구경 시인의 응접 도량이 기중 걸다. 연하기가 마치 못재(釜池) 특산의 배 같아서 그 가늘고 길다란 체수에 연신 눈웃음을 머금고 오가는 객들의 손에 까스활명수 한 병씩을 손수 돌려 따 쥐여 준다. 커피 따윈 가라. 체했거나 말았거나 탄산에 감초 섞은 그 달달한 맛이 북사동 보건소장표 칙사대접인 것이다.

구중서 신경림 민영 박시교 정희성 김영재 황명걸 박이엽 배평모 등의 유명짜한 원로들의 육필이 진료소 골방의 방명록에 먹빛 '모'를 심어갔다. 부인이 경상대 교수로 재직했기에 진주에 자주 드나들던 채현국 선생까지 합세하니 한때 북사동은 김광섭의 성북동과 천상병의 인사동이 합쳐진 듯한 내음을 풍겼다. 진주의 우리는 으레 그 명사들과의 동석에 감읍하며 변두리 국외자의 응어리를 풀었다. 박 시인은 그 문향을 즐겼고 거기 취한 채 네 권의 시집(『진료소가 있는 풍경』, 『국수를 닮은 이야기』, 『기차가 들어왔으면 좋겠다』, 『외딴 저 집은 둥글다』)을 엮었다.

퇴직 후 북사동을 떠나 진주로 돌아온 박구경의 시선은 태생지 '진주'에 쌓인 역사로 향한다. 진주 향토사의 큰 줄기 중 한

가닥인 형평운동에 우선 주목한 것은 깎이고 발리며 천대받아 오던 백정들이 '평등'을 외치며 들고 일어난 배경과 자취를 근본부터 되짚는 것이다. 시민으로서 시인으로서 느낀 책무였던가.

백정 유사有史

조선의 천출들인 오정五丁 중에
병정, 율정, 역정, 전정 다음으로
백정의 자리가 새겨지게 되었더라

병정은 군인이었고
율정은 광대와 사당패
역정은 말을 돌보는 자들의 지칭이었더라

전정은 화전민을 가리켰고
백정은 짐승을 도축하는
또 다른 짐승들의 이름이었더라

세월을 거슬러 오르면 북방 유목민 중에는
고려에 발탁되어 조정의 신하에 오르기도 하였으나
직업으로 층하를 지운 것은 이씨 조선부터였더라

짐승을 사냥하고 도축하는 어엿한 업이

저들의 눈에는
비단옷을 걸친 이들의 서책에는
짐승보다 못한 짓으로 적혔던가 보더라
(중략)

조선을 위해, 조선의 양반을 위해
자신의 고기와 거죽을 바친
짐승 아닌 짐승이 백정이었느니

간난하고 처절한
오백 년 세월이었더라
그보다 길게 이어진 비극의 역사였더라

—「백정 유사有史」 부분

진주는 고려 태조 23년(940)에 '진주'라 이름을 얻은 후 그 구역이 넓어졌다 좁아지기를 거듭하며 오늘에 이르렀다. 조선 시대에는 북으로 지리산 천왕봉 아래로부터 남으로 삼천포 창선까지 동으로는 고성 창원에서 서쪽의 광양 하동까지를 포함한 거읍(巨邑)이었다. "역향이요 난치지향"이란 세상의 평가는 쉬 순치되지 않는 반골적 기질을 보인 지역색 때문에 얻게 된 표징이다.

그것은 칼을 품은 처사 남명 조식(曺植)의 가르침이 토양에 녹아있어 얻은 명예로운 자국이다. 남명은 학문이란 현실 문제를 해결하는 도구여야 함이니 실천에 옮기지 않는 학문은 죽은 학문이라 여겼다. 처사 남명은 벼슬을 마다하고 천 리 길 지리산 어귀의 마을 덕산에 자리 잡았지만 틀어진 현실정치의 문제를 끊임없이 비판했다. 지식인들을 향해서는 "물 뿌리고 청소하는 절차도 모르면서 입으로는 천리(天理)를 담론하며 허명을 훔친다"고 통렬히 꾸짖으며 "책을 뚫고 현실로 나아가라" 외쳤다. 문하의 제자들은 임진왜란이 일어나자 의병을 일으켜 결사 항전으로 진주성을 지키고 순국하며 우국충정을 몸으로 체현했다. 조선 말기에는 썩은 관료들의 탐학(貪虐)에 맞서 이 지역 농민들이 들고일어났고 이 항쟁은 동학란의 기폭제가 되었다. 진주 사람들이 자랑스레 말하는 '진주 정신'이란 그 농도가 묽어졌을지언정 이 지역에 면면히 흐르는 남명의 가르침이 자양이 된 풍토에 물든 자국이다.

형평운동이 진주에서 일어난 것 또한 그런 토양이 품고 있던 기운의 일단이었다. 백정 계급의 자산가 이학찬과 백정 출신의 지식인 장지필 그리고 유복한 양반계급의 강상호가 주축이 되어 일어난 형평운동은 평등을 기치로 내건 이 나라 인권운동의 효시로 볼만한 사건이었다.

형평운동은 절실함과 '돈'과 후원 세력이 여물게 어우러졌기에 기틀 잡을 수 있었다. 백정이 제아무리 합당한 주장을 내세

워 모여 외쳐도 미동은커녕 위해를 가하려 덤빌 것이 그 시절 인심이었으니. 그럼에도 그들의 처지에서 세상을 바라본 깨친 지식인들이 있었다니 놀라운 일이다. 강상호 신현수 천석구 등은 '신新 백정'이란 칭호와 함께 갖은 수모를 당하면서도 백정의 바람막이 역할을 마다하지 않았다. 그들의 지지와 참여가 없었다면 백정들의 외침은 찻잔 속의 미동에 그치고 말았을 것이다. 그들 눈뜬 시민운동가들의 희생적 후원으로 백정들의 함원(含怨)은 평등을 부르짖는 운동으로 불붙어 전국으로 번질 수 있었다. 그 엄혹한 시절 감히 '천민의 인권'을 말하는 용기를 낼 수 있었다니 놀랍지 않은가. 참으로 존경받고 기억되어야 할 정신이며 두고두고 칭송할 고귀함이다.

둘째는 백정 이학찬의 돈이다. 그는 천업이자 독과점업인 도축업으로 부자가 된 사람이다. 이학찬은 한 맺힌 계급 세습을 벗어나려는 시도를 자식의 취학으로 이루려 했으나 좌절되며 형평운동에 몰입한다. 우호적 여론 세력을 편입하는 큰 역할을 했다.

셋째는 이 일을 도모하고 기획하고 조정 연출했을 것으로 추정되는 백정 장지필(張志弼)이란 인물이다. 그의 드러난 흔적은 「의령 사람, 메이지대 법학부 3년 중퇴, 형평사 창립 멤버이며 초대 총무, 강상호와의 주도권 다툼으로 분화. 1935년까지 백정해방운동에 깊이 관여」 정도이다.

1898년생이고 29세에 유학을 갔다는 기록이 보이지만 근거가 명확하지 않고 아귀도 맞지 않는다. 형평사 창립이 1923년

인데 역산해보면 그럴 리는 없는 것이다. 재야 역사학자 '이이화의 한국사'에 기록된 생년은 1884년이다. 고려혁명당 공판 기록에 근거한 것이라니 그편이 그럴듯하다. 그는 어떻게 백정의 신분으로 일본 유학에 오를 수 있었으며 중도에 학교를 그만둔 이유는 무엇일까. 그와 일본 수평사와는 어떤 관계였을까. 천민의 신분으로 신학문을 접한 그의 심회는 어땠을까 등의 궁금증이 일지만 실증적 자료는 찾을 길이 없다. 갖은 소설적 상상을 자아내게 할 뿐이다. 그처럼 가장 절실했을 것이고 그래서 투쟁의 전위에서 분투했을 당사자인 '백정' 자신의 세세한 기록은 없다. 가담자 명단은 화석처럼 남아 있지만 그들 각자가 견뎌 낸 삶의 질곡과 운동 가담의 계기, 소회에 관한 기록은 한마디도 없는 것이다.

유물이나 유품 또한 한 점 그럴듯한 것이 없다. 저울같이 평등한 세상을 꿈꾼다는 의미로 붙인 '형평'의 상징이랄 수 있는 고기 달던 저울 하나 남은 게 없는 것이다. 조상의 비참한 과거를 기억하고 싶지 않은 백정의 후손들은 그 모든 유무형의 유산을 한데 모아 가만히 Del 키를 누른 듯하다.

진주에서 형평운동의 역사적 의미를 기억하고 조명해야 한다는 움직임이 일어난 것은 창립 70년을 앞둔 1992년이다. 진주의 존경받는 시민 김장하(金章河)와 지역사를 연구하던 경상대 사회학과 교수 김중섭의 주도로 '형평운동기념사업회'가 꾸려진 것이다. 기념사업회는 형평사 창립 70주년을 기념하여

'형평운동의 현대적 조명'을 주제로 국제학술회의를 시작으로 1996년에는 시민 1,500여 명의 성금으로 진주성 정문 앞에 형평운동 기념탑을 세웠다. 지역에서 일어난 역사적 사건을 시민사회에 재인식시켰다는 점에서 매우 중요한 전기를 마련한 셈이다. 하지만 형평탑 건립 이후 이렇다 할 활동 방향의 가닥을 잡지 못하고 정체된 채 10년의 세월이 흘렀다.

2002년 형평사 창립 80주년을 앞두고 형평운동의 발전적 계승을 위해서는 기념사업회의 역할을 다부지게 재정립해야 한다는 각성이 일었다. 역사적 의미를 찾고 되새기는 한편 새로운 인권운동으로 재도약하자는 결의다. 시민사회에 재창립을 알리는 의미로 2003년 4월에는 형평운동을 주제로 한 공연과 학술회의와 사진전 강연회가 있었다. 아울러 인도의 '불가촉천민'과 일본의 '부락해방연구소' 관계자를 초청해 국제적 연대를 꾀하기도 했다. 그리고 '형평운동이란 역사적 사건이 오늘날 우리에게 어떤 의미가 있나'에 명철히 주목하고 그 의미를 새기는 실천적 운동에 매진키로 했다.

이제 한국 사회에 백정이란 신분으로 박해받는 집단은 없다. 그러나 백정이 없어졌다 하여 사회적 차별도 함께 없어졌는가. 다만 백정이란 이름의 신분이 없어졌을 뿐이다. 피부색이 다르다는 이유로, 미혼모라는 이유로, 한 부모 가족이라는 이유로, 장애가 있다는 이유로, 감옥에 갔다 왔다는 이유로, 다른 성적

지향과 성별로 살아가고 있다는 이유로 모질게 차별받는 이들이 상존하는 현실을 보고 있지 않은가. 그들이야말로 오늘의 백정이다. 그러므로 그들과 어깨를 겯고 그 불평등과 차별의 벽을 부숴 나가는 것이 세상을 바꿔나가는 것이고 또한 기념의 의의요 운동이다.

박구경 시인과 동무 되는 이들이 이 운동의 주축이라 북사동의 박구경 시인도 당연히 동참하고 함께 어울린 것이 우금 20년이다. 다짐하기론 인권 현안에 관한 활발한 개입과 밝혀지지 않은 사료의 발굴로 실체적이고 실질적인 실사구시의 작동이었지만 초기의 우렁찬 용의는 기우는 시민운동의 형세와 함께 기동이 적잖이 둔해졌다. 그간 연구자들에 의해 몇 권의 형평 관련 서책이 나왔지만 역시 양반 출신의 강상호 선생에 편중된 것이라. 백정 당사자의 생생한 흔적을 찾아내 초기 형평사 운동의 세 축을 복원하고 그들의 신산한 자취를 드라마틱하게 엮어 대중의 폭발적 관심을 이끌겠다는 애초의 포부는 흰소리가 되어가는 참이라.

올해로 형평사 창립 100주년을 맞는 진주는 다시 형평 바람이 일고 있다. 진주시가 범시민적 기념행사로 치르겠다는 적극적 의욕을 보이며 손을 내미니 형평운동기념사업회도 추진단을 구성해 진주시와 손발을 맞추기로 한다. 민관의 유기적 협력을 통해 형평의 역사적 사실을 널리 전파함은 물론 오늘날 대두된 사회적 차별의 문제를 개선하는 계기가 될 것이다.

전조가 좋다. 진주는 새해 벽두부터 도시 전체가 흥분에 휩

싸였다. 진주의 존경받는 시민 김장하(南星 金章河)선생의 감춰졌던 삶이 설날 아침 mbc를 통해 전국에 폭로(!)된 것이다. 반응은 가위 폭발적이다. 모든 매체에서 쏘아 올린 찬탄과 탄식의 행렬이 진주로 쏟아지니 그 바람에 진주 사람도 되놀란다. 그러나 진주 사람들은 알고 있던 사실이다. 다만 그이가 싫어하는 것이 '생색내기'이니 가만히 그의 무주상보시(無住相布施)행을 지켜주었을 뿐이다. 그이는 작은 한약방에서 아픈 사람에게 약을 줘 번 돈으로 가난한 아이들의 학비를 감당했다. 그걸 시작으로 학교를 짓고, 환경 생태 운동에 앞장서고, 시민단체의 약진을 돕고, 시민신문을 후원하고, 가난한 문화예술인들의 뒷배가 되고, 인권 문제에 힘을 기울이고, 장학재단을 만들고, 문화연구소를 만들고, '정치'를 제외한 진주의 거의 모든 영역에 걸쳐 물심양면으로 헌신했다. 그이는 오랜 시간 진주 청년의 배경이 되고 숲이 되어 온 것이다. 타인의 고통에 공감을 이루고 그것을 공동의 선이란 끈으로 이어 나가는 것을 '연대'라 한다면 그이는 우리랑 가장 여물게 연대해온 셈이다. '진주정신'이란 게 있다면 그리고 그것이 막연한 추상을 걷어내고 눈에 보이는 모습으로 현물을 드러낸다면 그것은 그이가 삶으로 체현하며 우리에게 보여준 바로 그것을 일컬어도 될 것이라 생각는다. 더구나 그이는 형평운동을 현대적 의미로 복원하는 운동에 앞장서 30년을 복무했다.

형평 100년에 때맞춰 형평운동의 배경을 유장한 서사로 그려낸 박구경 시인의 시집 『진주형평운동』 출간은 더욱 반갑다.

시 내용의 성격에 따라 서사시가 되었지만 연과 연 사이에 간격을 두고 단락의 마무리에 '했더라'를 후렴처럼 붙였다. 거치른 시간들이었을수록 정서적으로 가라앉히고 싶은 시심의 독특한 솜씨이다. 역사 현실의 구체성은 총체성 속의 전형성으로서 보편적 진실에 이어진다. 이 주제 의식에 따라 역사 현실의 현장에 밀착해 시의 호흡을 감지해 보게 된다. 말미에 진주 여성에 관련한 설화와 같은 토막이 곁들어 있다. 서글프기도 했던 역사에 대한 연민의 서정적 여담인 것으로 보인다. 박구경의 서사시집『진주형평운동』은 정수를 발라낸 힘 있는 운문의 강점으로 지루하고 건조한 논문체에 식상한 대중에 한발 다가서 형평을 알릴 것이다. 그래서 진주가 품은 의義로운 정신의 차세대 계승과 선한 영향력의 전파에 큰 몫을 해낼 것으로 기대한다.

세상에 존재하는 모든 인간과 모든 일에는 어떤 근원이 있을 것이다.

시인에게도 부모와 고향이 있다. 철학자 칸트는 말했다. 하늘에는 무수한 별이 있고 내 가슴에는 하나의 도덕율이 있다. 그는 자신이 태어난 고향 마을을 80 평생에 떠나지 않고 살았다. 그러면서 한 가지 도덕율에 대해 계속 생각했다. 왜 모든 사람 안에 똑같은 양심이 있을까. 어떤 사람이 다른 사람으로부터 폭행을 당하는 것을 보면 생각할 겨를도 없이 우선 말리려 드는 행동을 취하는 것이 사람들의 보편적인 태도이다. 시는 이성에 의해서라기보다 직관에 의해 쓰여지더라도 그 직관 안에도 도덕성이 들어있다는 것이 칸트의 미학이다.

내가 성장했고 살고 있는 곳이 진주 고을이다. 사람이 소를 잡는 직업 때문에 가장 심하게 천대를 받는 백정 계급을 해방하고자 형평운동이 일어난 고장이다. 고기를 맛있게 먹으며 호강을 하면서, 그 호강을 제공하느라고 옷에 피를 묻히며 고생하는 도축 노동자들을 심하게 천대하는 것은 위선의 극치이다.

백정들이 심한 천대를 받아 호적에도 오르지 못하고 자식을

학교에도 보내지 못하는 봉건적 신분제도를 타파하려고 궐기한 형평사 운동은 진주의 정신이다. 이 정신이 승화하지 않고서는 일제의 식민지 침탈에 대해서도, 해방된 나라의 민주화 투쟁에 있어서도 명분이 없다. 이 명분을 지키고 기념하는 일이 미학이 되고 시가 되는 일이 긍정 받을 수 있기를, 여기 우리 모두의 존재 근원이 풍요롭게 될 수 있기를 삼가 희망한다.

2023.2.